故宮
御貓夜遊記 ⑯
駄過北京城的霸下

常怡 / 著　　小天下 南畔文化 / 繪

中華教育

責任編輯：劉萄諾
裝幀設計：鄧佩儀
排　　版：鄧佩儀
印　　務：劉漢舉

故宮御貓夜遊記 ⑯

馱過北京城的霸下

常怡 / 著　　小天下 南畔文化 / 繪

出版｜中華教育

香港北角英皇道 499 號北角工業大廈 1 樓 B 室

電話：(852) 2137 2338　傳真：(852) 2713 8202

電子郵件：info@chunghwabook.com.hk

網址：http://www.chunghwabook.com.hk

發行｜香港聯合書刊物流有限公司

香港新界荃灣德士古道 220-248 號 荃灣工業中心 16 樓

電話：(852) 2150 2100　傳真：(852) 2407 3062

電子郵件：info@suplogistics.com.hk

印刷｜高科技印刷集團有限公司

香港葵涌和宜合道 109 號長榮工業大廈 6 樓

版次｜2022 年 5 月第 1 版第 1 次印刷

©2022 中華教育

規格｜16 開（185mm x 230mm）

ISBN｜978-988-8807-07-9

大家好！我是御貓胖桔子，故宮的主人。

睡覺對我來說，是僅次於吃飯的大事。我喜歡找一個安靜、乾燥又軟和的地方進入夢鄉，如果還能曬着暖融融的太陽，那就再好不過了。可是故宮裏有一位比我還喜歡睡覺的怪獸，我就從來沒見他睡醒過。

「啊嗚！」

我打着哈欠，伸了個長長的懶腰。雖然下午的時候剛剛睡過覺，但是一到黃昏，看着沉下來的夕陽，我就又犯睏了。

乾清宮前的地磚上，還保留着白天陽光留下的溫度。我靠着漢白玉圍欄躺下來，舔了舔身上的毛，很快就進入了夢鄉。

「呼——」

　　有誰在我身邊吐了口氣。我猛地睜開眼睛，伸長脖子想看看是誰，卻甚麼人也沒看見。

　　奇怪，難道是風聲？

　　我重新閉上眼睛，結果眼皮剛碰到一起，就又聽到一聲呼氣聲。

「呼——」

我像彈簧一樣跳了起來，可還是甚麼人都沒發現。我的身邊只有個方方正正的基座，上面睡着一隻長得很像海龜的怪獸。他是霸下，長着龍頭和龜的身體。自從我出生以來，他就睡在這裏，一動也不動，連眼皮都沒抬過，看上去和石頭沒甚麼兩樣。

我很喜歡在他身邊睡覺。不知道你有沒有過這種感覺，如果身邊有個比你睡得更沉的人，你睡起覺來也會更香。

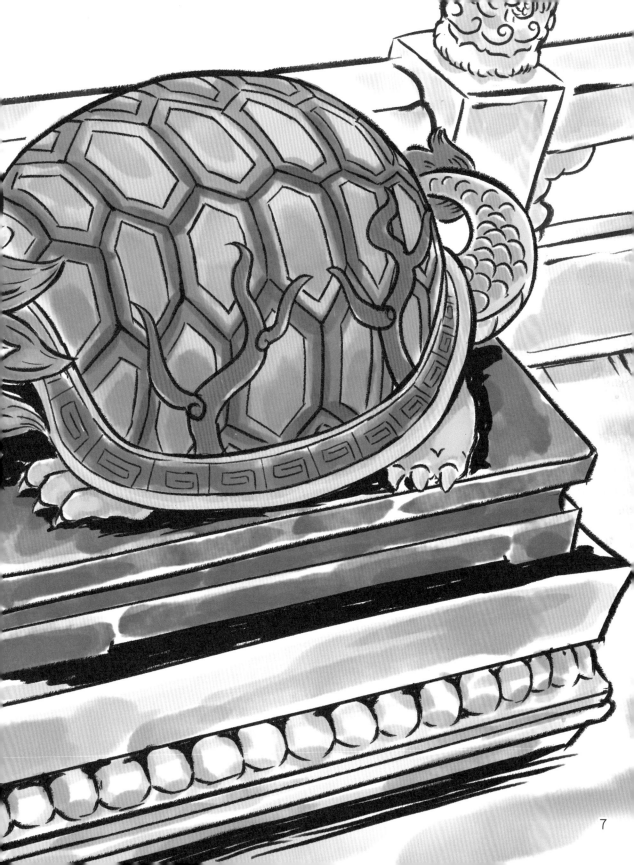

「喵，是誰呀？」我朝着空曠的殿前月台喊了一聲。

「嗯，是誰呀？」上面有誰也說了一句。

我有點兒不高興了：「學別人說話也太不禮貌了！喵。」

「學別人說話？我是真想知道你是誰呀。」

我循聲向上看去，不由得嚇了一跳，基座上的霸下居然睜開了眼睛！

我趕緊回答道：「喵，我是御貓胖桔子。你睡醒了，霸下？」

霸下慢吞吞地說：「我可睡了一個好覺啊，胖桔子。」

「睡了多久呢？」

「我也不知道，大概幾十年吧。」

「喵嗚，太厲害了！你怎麼能睡這麼久呢？」

霸下晃了一下腦袋說：「因為我實在太累了。」

聽他這麼說，我撲哧一下笑了。我早就聽烏鴉們說，乾清宮前的霸下可是天底下最輕鬆的霸下了。別的地方的霸下，身上都馱着又大又重的石碑，而乾清宮前的霸下，卻甚麼都不用馱，只要待在那裏睡覺就成了。

「你做了甚麼事情這麼累呀？」

「說出來你可能不信。」霸下壓低聲音說,「我呀,駄着一座城,一駄就是幾百年。這幾百年,不能吃也不能睡,可把我累壞了。」

「甚麼?」我不敢相信自己的耳朵,「你說你駄着甚麼?喵。」

「一座城,一座有着高高城牆的城,裏面住了好多、好多的人。」霸下回答。

　　「吹牛！」我瞪着眼睛說，「雖然你是一隻怪獸，但也就比一般的龜大一些，怎麼可能馱起一座城呢？」

　　「我可不喜歡吹牛。」霸下悶悶不樂地說，「我也不想啊，你不知道馱着一座城有多麻煩。吃不能吃，喝不能喝，連眼睛都不能眨一下……」

　　「喵，連眼睛都不能眨？」

　　「可不是，我眨一下眼睛，那座城就要震一震。所以，連眼睛都不能眨。」

「你為甚麼要馱着一座城呢？」

「還不是因為我偷吃了王母娘娘的醉心果，不然也不會受到這樣的懲罰。」霸下接着說，「不過話說回來，那醉心果的味道可真不錯，吃過以後身子感覺暖乎乎的，就像是披着秋日的陽光。」

「我一高興就吃多了，結果醉倒了，還把王母娘娘花園的圍牆壓塌了。哈哈。」

19

「喵嗚，真有意思。」我跟着笑起來，「後來呢？」

「後來我就被罰背着那座城，並要守護牠的安危。」霸下說，「如果有洪水來，我就會馱着牠上升，讓洪水淹不到牠。如果有颶風來，我就會躲到西山後，讓颶風吹不到牠。直到有一天，那座城越來越大，城裏的人拆除了古城牆，並在城牆的兩端挖出了我的石像。從那天起，我就自由了，終於不用再馱着那麼沉的東西，可以好好兒地睡上一覺了。然後，我一覺就睡到了今天。」

「怪不得會睡這麼久啊！喵嗚。」我驚歎道，「不過，你真有那麼大的力氣嗎？居然可以馱起一座城？」

「哼！一座城算甚麼？」霸下不服氣地說，「我以前還背着幾座大山到處走呢。後來碰到大禹，他勸說我幫他治理洪水。洪水治理好了以後，還把我的功勞都刻在石碑上，讓我馱在身上。那些功勞比甚麼大山哪、城啊都重多了。」

「功勞怎麼會那麼重？不就是幾個字嗎？喵。」我聽不明白。

「你沒有馱過，所以不知道。功勞啊，名譽呀，那些才是最重、最沉的東西。」霸下搖着頭說。

緊接着，他打了個哈欠，縮回脖子，閉上眼睛，看起來又要睡着了。

「對了！」我突然想起來甚麼，問：「你馱過的那座城叫甚麼名字呀？」

霸下沒有回答，他又睡着了，像個石雕似的，怎麼叫、怎麼拍，都紋絲不動。

「喵，怎麼能睡得這麼快？」

故事沒聽完，這讓我心裏癢癢的。霸下馱的到底是哪座城呢？哎呀呀，真好奇！

因為太好奇了，我覺也睡不好，飯也吃不香，整天無精打采的，腦袋裏全是霸下的故事。中午的貓糧，我只吃了半碗。

「喂！胖桔子，你剩下的貓糧能給我吃嗎？呱。」頭上的烏鴉大黑問。

「給你吃吧，反正我也沒胃口。喵。」我讓出貓糧碗。

大黑幾下就把貓糧都啄進了肚子裏。

「你生病了嗎？」吃飽後，他問。

「我只是有個問題想不明白。」我說，「霸下馱的到底是哪座城呢？」

「嘿，你問我呀。霸下馱城的故事，我們烏鴉都知道。」

「喵，快告訴我！」

「霸下馱的就是北京城啊！」
大黑說，「幾十年前，在拆除北京老
城牆的時候，還在東便門和西便門
下面各發現半個霸下的石像呢。」

哎呀呀，原來霸下馱的是北京
城啊！這太讓人吃驚了！

胖猫子的故宫小百科

神獸中的大力士

霸

下

　　我在龍的九個兒子中排行第六，又名「贔（普 bì｜粵 鼻）屭（普 xì｜粵 氣）」。我有幾撇鬍鬚、長長的髮髻、外翻的尖耳朵和鋒利的牙齒，也有看上去堅硬的龜殼，是有着龍頭和龜身的神獸。我喜歡背負重物，特別是石碑和石柱。

　　從前，馱石碑是龜的使命。然而，到了元明時期，古人對龜的崇拜漸漸衰落。故此，之前記載着最尊貴的帝王將相的功績、銘刻着皇帝聖旨的豐碑就換由我來承載。

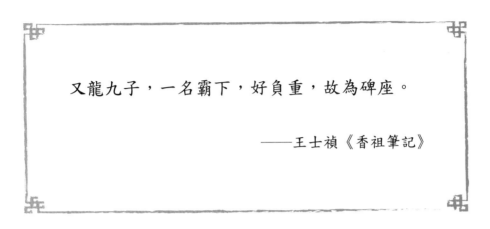

又龍九子，一名霸下，好負重，故為碑座。

——王士禎《香祖筆記》

又說龍有九個兒子，有一個名為霸下，喜好負重，故成為石碑的底座。

古代計量體積的量器 嘉 量

　　在故宮太和殿前的漢白玉基台上，設有一座石製亭屋，裏面陳設着計量體積的裝置 —— 嘉量。嘉量分為圓形和方形兩種，在太和殿前擺放的為方形，乾清宮前的嘉量則是圓形的。

（見第1頁）

地 磚 和黃金一樣貴

　　在故宮裏，即使是隱蔽的小路，也鋪着精心打磨的地磚。在皇帝經常到達的宮殿裏，更鋪上了有「金磚」之稱的地磚。難道故宮的磚頭是由黃金製成的？當然不是。

　　金磚的名字由來有三種說法：一說指金磚由蘇州製造後運送到京城，人們把「京磚」讀成了「金磚」；一說指金磚質地堅細，敲下去像金屬般鏗然有聲，所以叫「金磚」；還有一說指金磚的製造工序繁複，在明朝時一塊金磚的造價比得上一兩黃金，所以叫「金磚」。

（見第11頁）

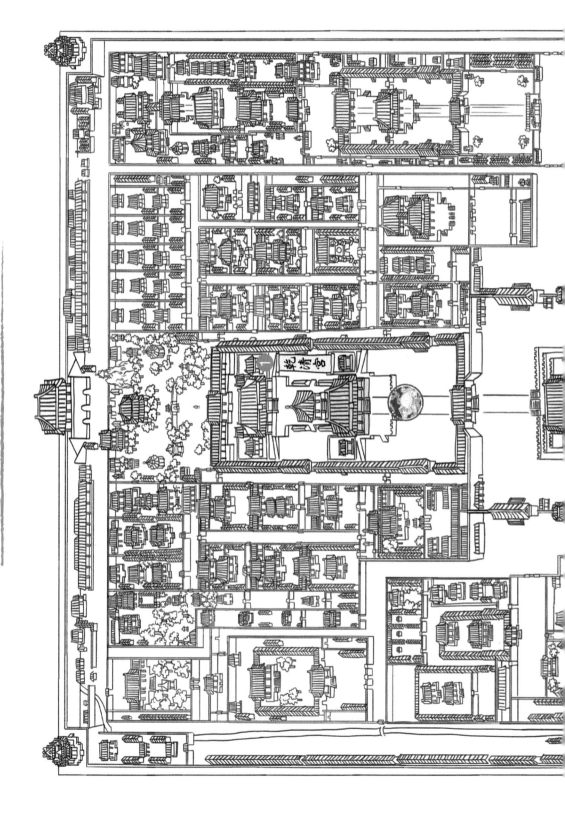

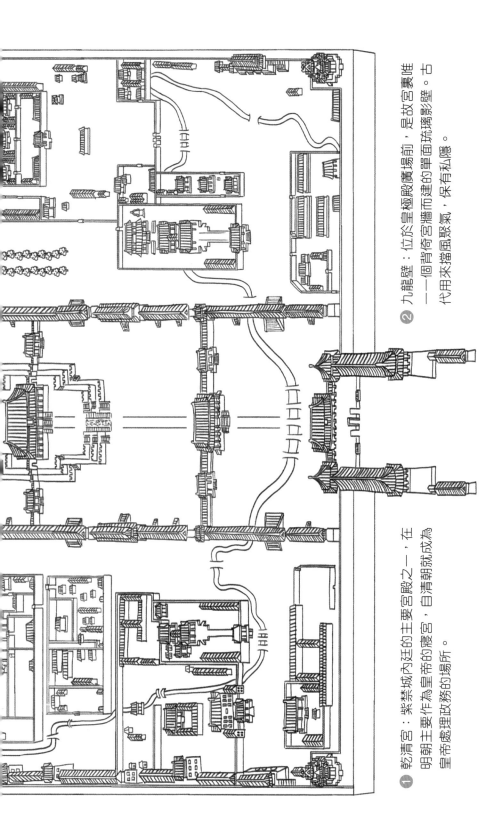

① 乾清宮：紫禁城內廷的主要宮殿之一，在明朝主要作為皇帝的寢宮，自清朝就成為皇帝處理政務的場所。

② 九龍壁：位於皇極殿殿廣場前，是故宮宮裏唯一個背倚宮牆而建的單面琉璃影壁。古代用來擋風聚氣，保有私隱。

常 怡

霸下，也叫贔屭，是最常見的神獸之一。往往在有石碑的地方，你一低頭，就會在石碑下面看見一隻長着龍頭、龜身的神獸，那就是霸下。

霸下的身體看着和龜差不多，其實細看是有差別的，牠們背甲上甲片的數目和形狀都和龜的有所不同。

關於霸下這隻神獸的傳說可多了。你聽過大禹治水的故事吧？在武漢市紀念大禹的禹稷行宮旁，就有一座霸下馱碑的塑像。霸下和大禹有甚麼關係呢？

傳說，在上古時代，霸下經常翻江倒海地搗亂，後來被大禹降伏並成為治水先鋒，幫助大禹推山挖溝，疏通河道。洪水治理好後，大禹擔心霸下本性難移，便搬來頂天立地的特大號石碑，讓牠馱在身上，壓得牠不能隨便行走。但自從被大禹收服後，霸下就變成了一隻好神獸，經常幫助別人，成為長壽、吉祥、走紅運的象徵。

北京小天下時代文化有限責任公司

　　傳說，霸下是龍和龜的結合體，故事裏也提到，牠長着龍頭和龜的身體。於是，在創作霸下的時候，我們首先參考了故宮裏的霸下塑像，將牠頭上的角設計得更像龍的角；其次，霸下鬚髮的顏色和鼻子處的設計也都參考了龍的特徵。

　　故事裏，御貓胖桔子了解到：本領強大的神獸霸下竟然馱着一座城，一馱就是幾百年，雖然很累，但從不懈怠。其實我們每個人都肩負着責任，而且能力越強，責任越大，這個道理你能體會嗎？你肩負着甚麼樣的責任呢？